AF007445

La niña a la que le gustaban los lunes 2

CARLOS DAUNÉS PÉREZ

Aliarediciones

Corrección: Inés González Calo

Diseño de cubierta: Jaime Galisteo

Ilustraciones generadas por IA

Maquetación: Aliar Ediciones

Depósito Legal: GR 265-2024

ISBN: 978-84-10155-55-8

Impreso en España

Edita

ALIAR Ediciones

www.aliarediciones.es

info@aliarediciones.es

La niña a la que le gustaban los lunes 2

CARLOS DAUNÉS PÉREZ

La niña a la que le gustaban los lunes

VOL. 3

Abraza. Abraza mucho.
Puede que no mejoren las cosas, pero tampoco van a empeorar.

CAPÍTULO 1

EXPERIENCIA DE LUNES

A Julia le gustaban los lunes. Les había cogido cariño. Era un nuevo comienzo cada semana, pero con algo más de experiencia. Y con trece años, ya tenía mucha experiencia de lunes.

Como de costumbre, M la dejó en la escuela súper híper mega puntual. Hoy Julia había andado un poco lenta y tuvo que engullir su tostada con mermelada de fresa sin poder disfrutarla como a ella le gustaba. «A quién madruga Dios le ayuda», decía M. Julia no estaba tan segura. Cinco minutos más en la cama eran toda una vida.

—¿En serio, Julia? ¿Otra vez con los calcetines dispares?

Pues sí, y así seguiría siendo. Uno siempre verde, claro. M no tardaría en darse por vencida en esa pelea. Había que escoger bien las batallas, que se acercaba la adolescencia.

El verano estaba a la vuelta de la esquina y, junto a él, las vacaciones. Julia había empezado a tener vacaciones de verdad hacía tres años, cuando se fue a vivir con M. Estaba claro que eso hubiera sido imposible con Marrón y Amarillo. En las últimas vacaciones conoció a Susana. Ahora estaban en la misma clase, cosas del destino.

Julia recordó el primer pensamiento que le vino al ver a Susana en la parcela de enfrente del *camping*. Fue solo una palabra. Pero una muy concreta: monstruos.

CAPÍTULO 2

SUSANA

A Julia le gustaban los lunes. Y aunque eso no era común en su entorno, de vez en cuando, encontraba a alguien con sus mismos gustos.

Esperando en la fila para entrar en la escuela (aún con el sabor de la mermelada de fresa en la garganta) recibió dos golpecitos en el hombro. Esos dos golpecitos en el hombro se habían convertido en una especie de seña de identidad. Antes de girarse Julia ya sabía a quién iba a ver.

—Hola, Susana, hoy he llegado por los pelos, casi ni me da tiempo a desayunar.

—Yo no desayuno nunca, prefiero dormir más. —Las dos niñas rieron.

—¿Qué tal con Silvia? —preguntó Julia.

—Hace tiempo que no la veo. Mejor así.

—Hola —interrumpió Lucía. Desde que Susana llegó, Lucía estaba muy rara. Julia pensaba que sentía un poco de celos, pero no sabía cómo actuar—. ¿De qué habláis?

—De los desayunos —respondió Susana.

—Gracias, pero no te preguntaba a ti —dijo Lucía con cierto tono de desdén.

La fila empezó a avanzar. Menos mal, a Julia no le apetecía entrar ahora en una discusión. Sus ojos pasearon por los columpios del patio y recordó el día en el que conoció a Susana.

—Hola. —Los monstruos de la parcela de enfrente se acercaron a saludar—. Somos Púrpura y María. Nuestra hija se llama Susana, pero es un poco tímida. Qué bien que pueda tener a una nueva amiguita.

—Hola —respondió M—. Pues sí, no se ve a muchas niñas por aquí.

—Es pronto aún, suelen venir más adelante en el verano. Por eso nos gusta venir pronto. Para disfrutar de la tranquilidad. A Susana también le gusta. ¡Susana! Ven y preséntate.

La niña se puso rígida y se acercó con la cabeza gacha.

—Hola —dijo con un hilo de voz—. Me llamo Susana.

—Hola, Susana —respondió M—. Qué pelo rubio más bonito. Será un placer tenerte de vecina.

Julia y Susana cruzaron sus miradas. Con solo dos gestos Julia entendió el mensaje: «A las ocho en los columpios».

CAPÍTULO 3

EL LUNES DE LA VISITA

A Julia le gustaban los lunes. Este lunes en concreto iba a recibir una visita inesperada.

La mañana en la escuela había ido bien. Las tensiones entre sus dos amigas se habían relajado y jugaron y rieron juntas durante el recreo. Se despidieron en la puerta del colegio para dirigirse cada una a su casa. La mirada de Susana al despedirse desconcertó y preocupó un poco a Julia. No sabía expresar el qué exactamente, pero algo le inquietaba. Había pasado mucho tiempo desde que...

—¡Julia! —gritó M—. Te he llamado tres veces ya, aterriza y vámonos a casa.

Deberes. Cada vez más. Jolines, era lunes y las clases estaban por terminar. ¿Por qué tantos deberes? Iba a tardar una eternidad en leer la carta de Ruth. «No te quejes tanto, que es el único trabajo que tienes», solía decirle M cuando Julia hacía alguna observación al respecto. Qué fáciles eran las cosas para los adultos.

Pero al final terminó los deberes y abrió la carta de su amiga. Le contó que este año estaría de vacaciones con su padre y ya tenían preparadas las maratones cinematográficas. Tocaba cine de bichos (Gremlins, Critters, Alien...). Julia aún no entendía cómo le gustaban esas cosas.

Después de cenar, mientras M recogía la mesa, Julia bajó la basura. Bajando las escaleras iba pensando en el capítulo que a M y a ella les tocaba leer de *El Principito*. Era el número cinco, el que hablaba de los baobabs y las semillas invisibles. ¿Era ya muy mayor para seguir leyendo *El Principito* con M? Es que le gustaba mucho ese momento. Quizá aún lo podía alargar un par de años más.

Mientras Julia tiraba la basura sumida en sus pensamientos, recibió desde atrás tres golpecitos en el hombro. Julia conocía ese saludo. Lo conocía muy bien. A Julia se le erizó la piel.

CAPÍTULO 4

LOBOS

A Julia le gustaban los lunes. Y a Susana también. Era una de las muchas cosas que tenían en común.

Eran las ocho y Julia esperaba sola, balanceándose tímidamente en el columpio del parque. Recibió dos golpecitos en el hombro y se giró. Era Susana.

—Hola —dijo Susana mirando al suelo—. ¿En tu casa también hay monstruos?

—Ahora ya no. Pero hubo un tiempo en el que sí.

Y así empezó la conversación. De esta forma comenzó su amistad. Durante esa semana fueron casi inseparables. Hablaron de monstruos, de cómo Julia luchó con uno, de libros, contaron cuentos, rieron juntas, también lloraron juntas, las dos fueron niñas.

—¿Has oído la historia de los dos lobos? —preguntó Susana.

—No, pero me encantan las historias.

Susana le contó la leyenda. Un abuelo le explicaba a su nieto que en toda persona hay dos lobos. Uno malo, lleno de sentimientos negativos como la ira, la envidia, la venganza... y otro bueno, con sentimientos de amor y bondad. Esos lobos estaban siempre luchando entre sí. El nieto preguntó qué lobo iba a ganar. El abuelo le respondió: «Aquel al que tú alimentes».

—Yo sé de lo que habla esa historia. Conozco a esos lobos. Y tengo miedo.

—¿De qué tienes miedo? —preguntó Julia.

—De que gane el malo.

CAPÍTULO 5

SILVIA

A Julia le gustaban los lunes. Pero en el *camping*, las rutinas de los lunes se rompían. Tampoco pasaba nada, era por algo bueno, pero no estaba del todo conforme. La rutina de lunes le gustaba.

Esperando en el columpio recibió los golpecitos esperados en la espalda. Uno, dos... justo antes de girarse recibió un tercero. Qué raro, siempre recibía dos. Miró a Susana que se llevó un dedo a los labios («calla») e hizo un gesto con la cabeza («sígueme»). Tenía un ojo morado. Julia la siguió, pero le inquietaba tanto misterio. Hoy su amiga estaba rara.

—¿Qué te ha pasado en la cara? ¿Ha sido Púrpura?

Su amiga no respondió y siguió avanzando. El *camping* estaba al lado de un frondoso bosque. Lo que más abundaban eran pinos y encinas. Siguieron andando hasta adentrarse un par de kilómetros hacia el interior de la arboleda. En silencio. Julia empezó a preocuparse y, justo antes de que dijera algo, Susana se paró. Señaló un poco más adelante y Julia dirigió su mirada hacia allí. Un conejo había caído en una trampa y luchaba nervioso por salir.

—¿Alguna vez has matado a un animal? —preguntó Susana, con una cadencia extraña en la voz.

—No. Ya sabes que me encantan. —¿Qué pregunta era esa? Habían hablado de lo mucho que les gustaban a ambas los animales. Julia le contó sobre Oreo y lo que les costó dejarlo a cargo de la vecina para irse de vacaciones.

Susana se dirigió al lugar en el que estaba el conejo. Cogió un palo y lo descargó con rabia sobre la cabeza del animal. El conejo se quedó conmocionado, sin saber bien qué había ocurrido.

—Pero, ¿qué haces? —Julia se acercó todo lo rápido que pudo para evitar el segundo golpe. Pero no llegó a tiempo. La cara de Susana tenía una mueca de extraña satisfacción. Una sonrisa que crecía más y más con cada golpe–. ¡Para ya! ¡Déjalo!

Julia lloraba mientras le rogaba a Susana que parase.

—¡SUSANA! ¡PARA!

Y paró. El conejo ya estaba muerto. Susana se giró y mirando a Julia le dijo:

—No me llames Susana. Soy Silvia.

Mientras Julia tiraba la basura sumida en sus pensamientos, recibió desde atrás tres golpecitos en el hombro. Julia conocía ese saludo. Lo conocía muy bien. A Julia se le erizó la piel. Dio media vuelta y la vio.

—Hola, Silvia.

—Hola, Julia, cuánto tiempo.

CAPÍTULO 6

LA CAJA DE MÚSICA

A Julia le gustaban los lunes. Y el cincuenta y dos. Porque (más o menos) eran las semanas que tenía un año, así que en un año había hasta ¡cincuenta y dos lunes!

El veintitrés fue el lunes de la visita de Silvia.

—No pongas esa cara. Pensé que te alegrarías de verme —dijo Silvia.

—No es eso —contestó Julia prudentemente. Con Silvia había que vigilar qué decías—. Solo me preguntaba dónde habías estado tanto tiempo.

—Pufff. Encerrada. Susana no se ha portado bien conmigo. Con lo bien que le venía mi ayuda cuando Púrpura empezaba a gritar y se desabrochaba el cinturón del pantalón. Es una desagradecida.

—Ya veo. Bueno, me tengo que ir a casa. Ya nos veremos.

—Pero qué dices, Julia. Vamos a dar una vuelta. Tenemos mucho de qué hablar. —Y agarrándola del hombro la obligó a cruzar la calle, dejando atrás su casa y a M.

—¿Es algo así como *La invasión de los ultracuerpos*? —preguntó Julia. Tras el episodio con el conejo y lo que ocurrió durante el día, todo volvió a la normalidad. Susana volvía a ser Susana.

—¿Qué es eso?

—Una peli de la que me ha hablado Ruth, mi amiga. Es una invasión extraterrestre. Si te quedas dormida, te envuelven en no sé qué cosa y se transforman en otra persona. Por fuera son la misma, pero por dentro no.

—Ah, bueno, algo así. Solo que por dentro sigo siendo yo. Es como si lo viera todo a través de un cristal de esos que tiene la policía. Veo lo que pasa, pero no puedo hacer nada, por mucho que golpee en el cristal, nada suena del otro lado. Y he visto a Silvia hacer muchas cosas. También sufrir muchas cosas. Hasta ahora era mi única amiga. Me protege.

—Pero hace cosas malas. Ahora me tienes a mí. Soy tu amiga.

—No es tan fácil.

Ya en la tienda de campaña, a punto de dormirse, Julia no podía dejar de darle vueltas al asunto. No le podía decir nada a M, se lo había prometido a Susana. Incluso le dijo una pequeña mentirijilla cuando M le preguntó por la marca que tenía en el cuello (se sintió muy mal). Pero había algo que necesitaba saber.

—¿M?

—Dime, Julia.

—Cuando una persona tiene sentimientos malos dentro, ¿cómo se los puede quitar?

—Vaya pregunta. ¿Te inquieta algo?

—Curiosidad.

—Ya veo. —M se detuvo a pensar un momento—. Los sentimientos malos son como semillas que se alojan en tu interior y van creciendo poco a poco.

—¿Como la de los baobabs?

—Sí, como la de los baobabs. Si han crecido mucho, hay que hacer un esfuerzo muy grande para poder desarraigarlas. Y eso no es fácil, porque esos sentimientos siempre pueden volver, es como si regaras las semillas. Así que hay que estar atentas. No puedes evitar que un pájaro se pose en tu cabeza, pero sí puedes evitar que haga un nido.

Julia le estuvo dando vueltas toda la noche. Soñó con un elefante de peluche y una mariposa gigante con un ala. Al despertar al día siguiente, tuvo una idea para ayudar a su amiga: la caja de música.

CAPÍTULO 7

COMPARTIR RECUERDOS

A Julia le gustaban los lunes. ¿Era rara por eso? Puede. Pero de una forma muy especial.

Durante sus conversaciones, Susana le explicó que Púrpura no era su padre de verdad. Se casó con su mamá después que su papá muriese en un accidente. Y al poco tiempo Púrpura empezó a tratarlas mal a las dos. Lo único que le quedaba de su papá era una caja de música que le regaló un día. No era un día especial ni nada de eso. Se la regaló porque sí, porque la quería.

Sentada en el columpio recibió dos golpecitos en el hombro.

—¿Qué tienes ahí? —preguntó con curiosidad Susana.

—Es un elefante de peluche y un coletero con una mariposa. Quiero contarte algo.

Y le habló sobre una anciana espía rusa. Una casa en la que un científico abrió portales a otros mundos. Una batalla contra un monstruo. Le habló de la importancia de hacer frente a las cosas. Desde dentro. Donde tienes más poder. Y le repitió una frase de la señora Stroskova: «No es lo mismo tener momentos de soledad que sentirse sola».

—Cuando tuve que enfrentarme a Marrón en mi interior, este elefante, esta mariposa y el recuerdo de la señora Stroskova me ayudaron mucho. No me sentí sola. Quizá contar con tu caja de música podría ayudarte. Porque contar con esa caja es contar con tu papá. Y toma —Julia le dio su elefante de peluche—. Él también te protegerá. Y te recordará que yo también estoy aquí.

—¿Tu elefante? No puedo quedármelo, es tuyo y significa mucho para ti.

—Sí, es muy especial para mí. Precisamente por eso quiero que lo tengas tú. No te preocupes. A mí me ha ayudado mucho. Quiero que ahora te ayude a ti.

Las dos amigas se abrazaron. Julia no lo sabía, pero ese abrazo y ese regalo iban a ser muy importantes para Susana. Se avecinaba un batalla muy difícil y no estaba claro quién podría vencer.

CAPÍTULO 8

SUSANA CONTRA SILVIA

A Susana le gustaban los lunes. A Silvia le daban igual. Susana se escondía de Púrpura. Silvia lo aguantaba, le enfrentaba. Susana era todo amor. Silvia era odio y rabia.

Susana paseaba por el parque. Sola. De fondo sonaba *Don't speak* de No Doubt. Aunque el sonido venía algo distorsionado, como si se emitiera desde una radio antigua.

—*Don't speak, I know just what you're saying...*

Susana iba tarareando la canción hasta que vio a Julia columpiándose. Pero no se columpiaba. Parecía que el tiempo se había detenido con Julia en lo alto, con las piernas estiradas y riendo. Se acercó a su amiga e intentó tocarla. Pero no pudo. La imagen de Julia sobre el columpio se esfumó entre sus dedos. Escuchó un ruido tras de sí y dio media vuelta. Ya no estaba en el parque. Era el interior de una casa antigua. Muy parecida a la historia que Julia le había contado. Un conejo con la cabeza ensangrentada pasó rápidamente por delante de Susana y se coló por un agujero en la pared. Según se iba acercando al agujero, este iba creciendo (¿o ella encogiendo?). Parecía estar dentro de *Alicia en el país de las maravillas.* A través del agujero vio unas escaleras que descendían en espiral. Unas risas llegaban desde abajo. Susana atravesó el agujero y comenzó a descender. Miles de mariposas negras revoloteaban a su alrededor. Según bajaba, el aire se tornaba más denso. Al llegar al pie de las escaleras, las mariposas desaparecieron y el entorno cambió ante sus ojos. Lo que antes era un sótano lúgubre ahora parecía la sala del trono de un gran palacio. Pero igual de lúgubre. Y oscuro. Las paredes negras, parecían montañas cortadas de forma desigual. Al fondo un trono, negro, con una apariencia similar a la de las paredes. El trono estaba ocupado.

—Vaya, vaya. Mira quién se ha dignado a bajar a verme —casi escupió Silvia desde su trono. Y desde atrás, como un susurro, Susana escuchó–. Pero si es mi hermanita.

Susana se giró y enfrentó a Silvia.

—No quiero que salgas más.

—¿Ah, no? ¿Y qué harás cuando veas la sombra de Púrpura asomarse por debajo de la puerta?

—Calla.

—Cuando la abra y le veas acercarse.

—CALLA.

—Y lentamente se acerque a ti mientras escondes la cabeza bajo las sábanas.

—¡CALLAAAA!

El grito de Susana empujó a Silvia con una fuerza invisible, haciéndola retroceder hasta golpearse contra la pared. Silvia sonrió y alargó el brazo. Algo atenazó la garganta de Susana y la despegó del suelo.

—No olvides que este es mi territorio. —Las mariposas negras volvieron a aparecer y se posaron sobre el cuerpo de Silvia, creando un vestido extrañamente bello.

Susana empezaba a quedarse sin aire cuando, de entre las sombras, una trompa golpeó a Silvia. Susana cayó al suelo y recuperó el aliento.

—Y tú, ¿de dónde has salido? —Con un gesto de la mano convirtió al majestuoso elefante en un juguete de peluche—. ¿Lo has traído tú? —preguntó dirigiendo su mirada hacia Susana a la vez que sonreía.

«No estás sola», se escuchó de fondo. Y notó el calor del abrazo de una amiga. Susana juntó sus manos y, entre ellas, empezó a relucir una bola de luz. Cada vez más brillante. Hasta que se desvaneció con un fogonazo y, en su lugar, apareció una pequeña caja de música.

—¿Esa es la caja de música de papá? —se burló Silvia.

—No hables de papá. Tú no le conociste.

Y Susana abrió la caja. El cilindro empezó a girar y las púas emitieron un sonido característico al vibrar con el roce. Una canción de cuna. Del interior de la caja empezaron a surgir unos hilos de colores brillantes que empezaron a rodear a Silvia.

—¿QUÉ ESTÁS HACIENDO?

—Ya no tienes poder sobre mí. No harás más daño.

—¿Eso crees? ¿Que te domino? Yo te protejo. Ahí fuera no durarás ni un día sin mí. Soy tu amiga. ¡Tu única amiga!

—Ahora ya no.

Silvia fue arrastrada hacia el interior de la caja. Le dio tiempo a decir unas últimas palabras.

—¡Esto no me retendrá para siempre!

Susana cerró la caja y se hizo el silencio.

CAPÍTULO 9

EL DÍA DEL CONEJO

A Julia le gustaban los lunes. Pero no le hubiera importado pasar de largo el lunes veintitrés.

Julia «acompañó» a Silvia hasta un callejón apartado de la calle principal.

—¿Tu madre te ha dejado salir sola por la noche? —preguntó Julia.

—No exactamente —respondió Silvia—. Te sorprendería lo grogui que se queda cuando dejas abierto el gas.

—¿Que has hecho qué?

—Mira, eso da igual. He venido para hacerte un par de preguntas. Y más vale que seas sincera. ¿Le diste tú la idea a Susana de usar la caja de música?

—Sí —respondió Julia sin un ápice de duda.

—Ya veo. Imaginaba que eso no había podido salir de su cabecita.

—Susana es más fuerte de lo que crees.

—Ya, claro, por eso estoy yo aquí. Dijiste que tú eras su amiga, pero mira, al final he tenido que salir yo. Y no ha sido fácil. Esa caja era muy resistente.

—¿Qué dices?

—Vaya, ¿no te has enterado? Púrpura ha vuelto a casa. Pero tranquila, que ya no molestará más. Supongo que lo del elefante también fue cosa tuya. Muy ingenioso. Y todo por culpa de un pequeño conejo.

—Sabes que no fue solo por el conejo.

Julia no podía creerse lo que acababa de pasar.

—¿Qué estás diciendo, Silvia? —preguntó entre sollozos.

—A ver, nueva amiguita. Yo soy quien protege a Susana. ¿No te ha contado lo que le hace Púrpura?

—Sí. Yo también tuve mi Púrpura. Aunque él era Marrón.

—Vale. Pues tú serás muy fuerte, pero Susana no. Y, no es por nada, pero Marrón no puede ni compararse a Púrpura.

Con un rápido movimiento, Silvia se puso detrás de Julia. Pasó el palo ensangrentado por delante de su cuello y lo sujetó con ambas manos, tirando hacia atrás. Julia no podía respirar. Acercando su boca al oído de Julia, Silvia susurró:

—Susana es mía. Cada vez soy más fuerte. Pronto ella no estará. Seré yo quien esté fuera y Susana la que esté encerrada. Y no habrá nada que puedas hacer para que no suceda. Nadie podrá evitarlo.

Julia se estaba quedando sin oxígeno. Entonces Silvia la soltó.

—No te entrometas. La próxima vez no soltaré el palo.

CAPÍTULO 10

JULIA, SUSANA, SILVIA

A Julia le gustaban los lunes. A Susana le gustaban los lunes. Y puede, solo puede, que los lunes fueran más fuertes.

—¿Empatía? ¿Qué es eso? —preguntó Julia pegada al teléfono. Era una de sus conversaciones de lunes con la señora Stroskova.

—Pues, una vez escuché definirlo de una manera muy bonita: es sentir tu dolor en mi corazón. Es decir, intentar ponerte en el lugar de la otra persona para imaginar qué siente. Y luego, actuar en consecuencia.

—Ya veo. Es parecido a lo que dice el zorro.

—¿El zorro?

—De *El Principito*.

—Me temo, niña, que no he leído ese libro.

—No se preocupe. Le diré a M que le envíe uno.

—Y yo lo leeré con gusto —respondió la anciana espía rusa con media sonrisa en la boca. Qué niña más preciosa, pensó.

En el callejón:

—Ya, bueno. Es verdad, no fue solo por el conejo. Y te di una advertencia. Ahora que estoy fuera no volveré a esa caja. Y no puedo dejarte ir. Igual que no podía dejar ir a Púrpura otra vez.

Julia recordó su conversación con la señora Stroskova e hizo algo que sorprendió a Silvia. Se abalanzó sobre ella y la abrazó.

—No puedo ni imaginar por lo que has pasado —susurró al oído de Silvia que, sorprendida y con los brazos hacia abajo no sabía qué hacer. Era su primer abrazo—. Encerrada, saliendo solo para sufrir. Para defender a Susana. Sin sentir amor, cariño o palabras de aliento. —*Pu pum*, podía sentir el corazón fuerte de Julia—. Yo sí las tuve. Y eso me sostuvo en momentos muy oscuros. —Las paredes negras del palacio de Silvia empezaron a derrumbarse—. No estoy segura de si las cosas mejorarán. Espero que sí. —*Pu pum*—. Ahora Púrpura no está. Has hecho cosas malas con un buen motivo. Ya has salvado a Susana. —*Pu pum*—. Puedes descansar. No tienes que sufrir más. No tenéis que sufrir más.

Una lágrima se derramó por la cara de Silvia. Lo último que hizo fue devolverle el abrazo a Julia. Y llevarse el recuerdo de ese momento para guardarlo eternamente. *Pu pum.*

Mientras las dos niñas se abrazaban, Julia recibió dos golpecitos en la espalda.

—Bienvenida, Susana —susurró Julia.

Una luz azul intermitente iluminó el oscuro callejón. Por la emisora del coche de policía se escuchó: «La hemos encontrado».

El olor a gas alertó a los vecinos que avisaron a emergencias. Cuando llegaron encontraron a Púrpura tumbado en el suelo con un golpe en la cabeza. Muerto. María estaba en la cama, inconsciente debido a la inhalación del gas. Enseguida empezaron a buscar a la niña que vivía en ese piso.

Susana tuvo que declarar para esclarecer lo sucedido. Se dictaminó que había sido defensa propia. Sin embargo, tuvo que empezar un tratamiento médico y quedar en manos de profesionales. Fueron momentos difíciles. Pero como le dijo Julia a Silvia: Susana era fuerte.

EPÍLOGO

El primer lunes de cada mes, después del trabajo, Julia iba a visitar a su amiga.

—TOC, TOC. ¿Se puede?

—¡Julia! —La cara de Susana se iluminó—. Llegas un poquito tarde hoy.

—He tenido lío en el trabajo.

Sobre la mesita de noche, al lado de la cama, un vaso de plástico y un par de pastillas. También una copia de *El Principito* muy desgastada que Julia le regaló hace mucho ya. Y una caja de música.

—¿Cómo estás? —preguntó Julia.

—Bien. Como solemos decir, hay que ir...

—... un día a la vez —dijeron al unísono. Y las dos amigas empezaron a reír.

Hablaron mucho, como de costumbre. Y rieron mucho, también como de costumbre.

—Es hora de irme. Cuídate. Nos vemos.

Las dos amigas se abrazaron, dándose dos golpecitos en la espalda.

Mientras Julia caminaba por el pasillo del ala de psiquiatría del hospital, pensaba en lo mucho que quería a Susana. Y en el ejemplo de lucha que le dejaba. Un ejemplo digno de imitar. Todo es cíclico. Julia ayudó a Susana y ahora recibía eso a cambio. Porque el ejemplo de aguante de su amiga iba a servirle en el futuro. Cuando tuviera que enfrentase a una prueba que iba a ser muy dura para ella.

Silvia paseaba alrededor de su antiguo palacio negro derruido. De fondo sonaba *Don't Speak* en bucle. Julia ya se iba. El calor se su abrazo sobrepasaba cualquier barrera. Y era inconfundible. Como también lo era el latir fuerte de su corazón: *pu pum*. Era la seguridad de que estaba cuidando de Susana.

En este mundo que había creado, todo era verde. Y Silvia estaba tranquila. Se quedaría aquí, siempre y cuando Susana no la necesitara. O Julia. Porque ahora tenía dos amigas.

El autor recomienda escuchar tras la lectura:

DON'T SPEAK

NO DOUBT

La niña a la que
le gustaban los lunes

VOL. 4

Escribe un libro que merezca ser recordado.

CAPÍTULO 1

MARTA

A Marta le gustaban los lunes. Inicio de semana en la escuela con mucho que enseñar. Porque a Marta le encantaba enseñar. Compartir conocimiento, ayudar a otras personas a crecer.

Desde pequeñita siempre había sido una niña muy curiosa. Le gustaba saber por qué las cosas funcionaban como funcionaban. Qué mecanismos había detrás del vuelo de una mariposa o por qué el cielo era azul. Así que preguntaba mucho. Más de lo común en cualquier niña de su edad. Y no le valía un «porque sí». Había que razonarlo todo.

Su padre no tenía muchos estudios pero, al igual que Marta, sí mucha curiosidad. Intentaba responder a las preguntas de su hija como mejor podía (o sabía). Y no dudaba en acompañarla a la biblioteca para buscar respuestas. Y así nació el amor de Marta por los libros.

No llegó a conocer a su madre (murió durante el parto), pero su padre no hacía más que hablar de ella, así que para Marta, ella era muy real. Su padre nunca se volvió a casar. Decía que no sería justo para la otra persona, no podría evitar las comparaciones. Él nunca la olvidó.

Normalmente la gente teme a lo desconocido. Marta no era diferente en eso, pero sí intentaba comprender las cosas. Informarse. Aunque no siempre podías encontrar las respuestas a todo. Y sí, algunas cosas daban miedo. Como lo que le pasó una mañana.

Eran las 7:07. Como de costumbre, Marta se despertó sin necesidad de despertador. Nunca lo había necesitado. Al abrir los ojos algo atenazó su corazón. Sus manos agarraron con fuerza la sábana. Desde la puerta, inmóvil, una figura sin rostro le prestaba mucha atención.

CAPÍTULO 2

EL ZORRO

A Marta le gustaban los lunes. Y recibir a los niños y las niñas después del fin de semana. Preguntarles cómo les había ido, qué habían hecho, a qué habían jugado o qué habían leído.

De espaldas a la clase, escribió en la pizarra: «¿Qué aprendo de *El Principito*?». Todos los años era una lectura obligada. Hablar sobre ese libro le daba muchísima información sobre la clase.

Se dio media vuelta y preguntó:

—Y bien, ¿qué personaje de la historia os ha gustado más? ¿Y por qué?

Un niño levantó la mano. Mico, Rico... ¡Nico! Nicolás.

—El rey, porque manda y todos le obedecen —dijo Nicolás.

A través de la ventana, a Marta le pareció ver un zorro.

—La rosa, porque es la única en el planeta —dijo Lucía.

—¿Y a ti, Julia? —(*Julia, Julia, Julia*) preguntó Marta—. ¿Qué personaje te ha gustado más?

—El zorro. Me gusta mucho cómo le habla al niño. Y eso de ver con el corazón porque lo esencial es invisible a los ojos, es muy bonito. *Y usted sabe que hay que mirar bien.*

Marta estaba cansada, así que después de comer y lavar los platos, se echó una pequeña siesta. Soñó con su padre. Pero era un niño. Un niño que viajaba de planeta en planeta. Dejando atrás algo valioso, una rosa. Y Marta le acompañaba. También había un zorro. Un zorro listo. Y otra niña. Luego, otra vez su padre. Pero ahora ya no era un niño. Le enseñaba su hormiguero. Uno que tuvieron siendo ella pequeña. Su padre le miró y le dijo: «despierta».

Marta se despertó. Miró a su lado y, sentada en una silla, de nuevo esa figura sin rostro. Esperando. Marta gritó. La figura sin rostro acercó sus manos hacia la cara de Marta.

CAPÍTULO 3

HAY QUE MIRAR BIEN

A Marta le gustaban los lunes. Y todos los lunes, al entrar a clase, se fijaba sobre todo en una niña. Una que, solo el lunes, llevaba un coletero con una mariposa.

De espaldas a la clase, escribió en la pizarra: «¿Qué aprendo de *El Principito*?».

Al darse media vuelta se sorprendió al ver a las niñas y los niños sin rostro. Levantaban la mano y decían cosas que Marta no lograba entender. Excepto una niña. La única que sí tenía rostro. La niña del coletero. ¿Cómo se llamaba? Ah, sí, Julia.

—¿Sí, Julia? ¿Qué personaje te ha gustado más?

—El zorro, ya se lo he dicho. *Y ya sabe que hay que mirar bien.*

¿Mirar bien?

Su padre le enseñaba el hormiguero que había construido. Básicamente eran dos trozos rectangulares de cristal sobre un soporte. Bien cerrado por los laterales. Entre cristal y cristal, arena.

—El truco está en mantener bien la humedad para que la tierra no se desmorone —decía su padre.

—Ya, pero no veo nada. Solo arena.

—Mira bien, hija.

Marta se fijó más. Entonces la vio. Cerca de una esquina, a media profundidad, había un pequeño espacio. En su interior, la hormiga reina con unos cuantos huevos y larvas.

—¡Ya la veo, papá!

—Claro hija, es que hay que mirar bien. Muchas veces nos perdemos maravillas por no prestar atención.

Llaman a la puerta. ¿Quién será? Últimamente los días pasan a un ritmo extraño.

—Hola, hija.

—Hola, mamá —saludó Julia—. ¿Qué tal estás hoy? ¿Te has tomado ya las pastillas?

—Claro que sí —mintió Marta. ¿Las había tomado?—. Pasa, que te preparo un café. Manchado, como a ti te gusta.

—Gracias, mamá.

Y hablaron un rato. No sabía si contarle lo de las figuras sin rostro. Tampoco sabía si eran reales o no. Así que decidió no hacerlo. ¿Por qué preocupar a Julia por cosas que ni ella misma entendía?

Después de un rato, Julia se marchó. Qué solitario se sentía todo sin ella. Oreo, el gato inmortal, no fue tan inmortal después de todo, pero Marta no quiso tener ninguno más. Como de costumbre, se acercó a la ventana para ver marchar a su hija. La vio, pero también a un zorro, que la miraba fijamente. Parecía querer que le siguiera. Tampoco tenía mucho que hacer, así que cogió el abrigo, se lo puso sobre el pijama y salió de casa dispuesta a seguir al animal. No cogió las llaves.

CAPÍTULO 4

LUNES DE BIBLIOTECA

A Marta le gustaban los lunes. Pero de todos los lunes, había unos especiales, los lunes de biblioteca. Debido a esos lunes, en clase la llamaban «la niña lista». Bueno, no le importaba mucho, la verdad. Y en parte era cierto, devoraba los libros y retenía bastante bien la información.

—¿Qué hacemos cuando desconocemos algo?

—Investigamos —respondía Marta a la pregunta de su padre.

—¿Y si no encontramos nada?

—Seguimos investigando.

—Muy bien. Pero aún y así, en ocasiones habrá cosas que no se podrán comprender. Así que, si te preocupan, necesitas un plan de acción.

Un plan de acción. Eso necesitaba Marta, la ex niña lista. La figura sin rostro no le había hecho daño. Parecía que solo vigilaba. Como no sabía dónde buscar información, tomó la decisión de preguntarle directamente. Eso haría cuando la volviera a ver. Se armaría de valor y esperaría una respuesta.

A pesar del abrigo, Marta tenía frío. Siguió al zorro de esquina en esquina, ¿por cuánto tiempo? Lo desconocía. ¿Cuántas calles habían pasado? Tampoco estaba segura. El zorro giró la cabeza y le dijo: «hay que mirar bien». Luego desapareció. Marta no sabía qué acababa de pasar. Desde detrás escuchó: «¿Señorita M? Cuánto tiempo, ¿se encuentra bien?». Al girarse la vio de nuevo. La figura sin rostro. Pero no estaba sola. Eran tres. ¿Le habían estado siguiendo? ¿Por qué le llamaban señorita M? Hacía mucho que nadie la llamaba así. *Plan de acción, plan de acción, plan de acción frente a lo desconocido.* Y lo puso en práctica, preguntó:

—¿Quién eres? ¿Qué quieres de mí? ¿Por qué me sigues? ¿Qué queréis de mí?

Las figuras sin rostro empezaron a hablar en un idioma que Marta desconocía. En un tono muy estridente. Tanto que a Marta le dolían los oídos. Se los tapó con las manos mientras se acurrucaba en el suelo. Las figuras seguían hablando. Cada vez más. Cada vez más fuerte. «¿Qué queréis de mí? ¿Qué queréis de mí? ¿QUÉ QUERÉIS DE MI?».

Las figuras sin rostro la rodearon.

CAPÍTULO 5

M

A Marta le gustaban los lunes. Un lunes, al entrar en la clase, un alumno le hizo una pregunta llamándola «profesora M». Desde entonces, niños y niñas tanto de esa clase como de las otras empezaron a llamarla así. A Marta no le importó. Es más, le hizo gracia. Pero nunca lo entendió. Es decir, eme tiene dos sílabas, igual que Marta, así que no se le puede considerar un diminutivo. No ahorras nada. A no ser que quieras escribir un libro.

Su padre la miraba muy serio. Marta estaba avergonzada.

—¿Por qué lo has hecho? —preguntó papá en tono firme.

—Quería leerlo y no había más —dijo Marta mirando al suelo.

—Eso no es lo que te he enseñado. Hay que ser pacientes. Y si no puedes tener algo ahora, pues hay que esperar. Vamos a la biblioteca.

Marta se había escondido y llevado de la biblioteca, sin que nadie la viese, un ejemplar de *El Principito*. Al llegar de nuevo a la biblioteca, hablaron con Aída, la bibliotecaria.

—¿Qué tienes que decir? —dijo papá dirigiéndose a Marta. Con un hilo en la voz y mirándose los pies Marta respondió:

—Lo siento.

—Creo que no te ha oído. —El silencio en la sala imponía todavía más.

—Lo siento —repitió Marta un poco más fuerte.

—¿Por qué lo sientes? —insistió papá.

—Por llevarme el libro sin permiso —Marta no había pasado más vergüenza en su vida.

—Muy bien, hija, ahora devuelve el libro.

Y Marta devolvió el libro. Aída lo recogió sin decir nada. Fue una lección que nunca olvidó.

—Sí... Entiendo... Lo siento mucho... Gracias por llamar.

Julia había soltado el teléfono y había salido corriendo hacia su habitación. Cuando M recogió el auricular que colgaba del cable del teléfono blanco de disco, escuchó lo que decían desde el otro lado. La señora Stroskova había fallecido. Iba a entrar en la habitación de Julia nada más colgar, pero lo pensó mejor. La niña necesitaría un momento de soledad para asimilar lo ocurrido. Después la abrazaría.

Parada de pie frente a la puerta de la habitación de Julia, vio moverse algo a su derecha. Pensó que era su gato, Oreo, haciendo de las suyas. Giró la cabeza en esa dirección y no vio a su gato, sino a un zorro con mirada inteligente. El zorro le dijo: «M, hay que mirar bien».

CAPÍTULO 6

EL LUNES DE LA LLEGADA

A Marta le gustaban los lunes. Este era un lunes muy especial. Ella iba a llegar. Lo había preparado todo. La habitación estaba lista. Una colcha plagada de coloridas mariposas vestía la cama. Al lado del cabecero una mesita de noche en color blanco. Sobre la mesita, una lámpara con forma de rosa. Seguro que ella entendería la referencia. La pared pintada de un azul suave. Porque a ella le gustaba el azul. No, verde. A ella le gustaba el verde. Y verdes eran las paredes. Oreo no paraba quieto. Notaba la tensión en el ambiente. Marta se aseguró de abrir las puertas del balcón para que el olor de las rosas entrara en la estancia.

Y llamaron a la puerta. Marta abrió. Dos personas adultas venían acompañando a una niña. En sus brazos, un elefante de peluche y un libro. *El Principito.*

—Hola, señorita M —dijo la niña.

—Hola, Julia.

Su padre esperaba sentado en el sofá. Marta lo miró con curiosidad. Él le extendió un papel. «La búsqueda del tesoro empieza aquí. RISHAGOM».

¡Qué emoción! De vez en cuando preparaban búsquedas del tesoro en las que una pista te llevaba a la otra hasta llegar al final y encontrar una sorpresa. La solución al primer enigma era: HORMIGAS. Marta fue corriendo hasta el hormiguero y allí encontró una segunda nota. Durante media hora la niña correteó para arriba y para abajo por toda la casa. Su padre la miraba con una sonrisa en la boca. Hasta que llegó a la última prueba: «Si quieres viajar sin salir de tu hogar lo tienes fácil si sabes buscar». Viajar sin salir de casa... Ver otros mundos... Sin moverte de la habitación... ¡La biblioteca! Marta fue corriendo al armario lleno de libros del comedor.

—No veo nada. ¿Dónde está la sorpresa?

—Marta, tienes que mirar bien.

Y entonces lo vio. Un ejemplar nuevo de *El Principito*. Tras el episodio del «robo» en la biblioteca, papá no le dejó coger ese libro. Tenía que tener paciencia. Y ahí estaba. Nuevo. Para ella. La niña abrazó a su padre.

—Muchas gracias, papá.

La niña, Julia (*Julia, Julia, Julia*) entró en su nueva habitación. Dejó el libro y el elefante de peluche encima de la cama con la colcha de mariposas.

Sé giró para mirar a M. Una niña sin rostro le habló. A pesar de no tener boca, M la escuchó en su cabeza: «mamá despierta, mamá soy yo».

CAPÍTULO 7

HOSPITAL

A Marta le gustaban los lunes. ¿Por qué le gustaban? No lo recordaba bien, pero estaba segura de que le gustaban. Una vez jubilada (aunque una profesora nunca se jubila del todo) cualquiera pensaría que lo mismo daba un día que otro, pero no era así. El lunes tenía algo.

Un monstruo marrón de pelo corto y otro amarillo de pelo largo rodeaban a una niña. Una niña con una cicatriz en la parte superior izquierda de la nariz. La niña del coletero. ¿Cómo se llamaba? *Julia, Julia, Julia...* Eso, Julia. Su pequeña Julia. Ya era una mujer. Capaz de patear a esos monstruos. Y eso fue lo que hizo. A paseo.

Los días pasaban a un ritmo extraño. Su padre le enseñaba lo mucho que había avanzado el hormiguero. Con cientos de hormigas moviéndose de un lado a otro.

—¿Qué están haciendo? —preguntó la niña Marta.

—Pues cada una tiene su trabajo —respondió papá—. Mira, ¿ves esas que están rodeando a los huevos? Son las *nurses,* se encargan de cuidar y limpiar los huevos y las larvas. Las *obreras* se encargan de ir a por comida, abrir túneles, mantener limpio el hormiguero... todas saben lo que tienen que hacer y lo hacen.

—No me había dado cuenta de que hacían tantas cosas.

—Claro, hija —dijo papá riendo—. Es que hay que mirar bien.

M conocía muy bien a Julia. Sabía cuándo mentía y, normalmente, también por qué lo hacía. Cuando unas vacaciones le mintió cuando le preguntó por una marca en el cuello, se la dejó pasar. Sabía lo que era ser leal a una amiga. Aunque más adelante tuvieron que hablar sobre Susana. Y tuvieron que denunciar a Púrpura. Fueron momentos complicados, pero M siempre valoró la lealtad de Julia. Y su capacidad para empatizar con los demás. Cuánto quería a esa pequeñaja.

Se despertó en un lugar desconocido. El ambiente olía a hospital. Estaba en un hospital. En un box de urgencias. Sola, separada del alboroto exterior por una fina cortina blanca. Tenía miedo de hablar. ¿Cuánto tiempo estuvo despierta sin decir nada, casi sin moverse? Una figura sin rostro apartó la cortina y se dirigió hacia ella. M abrió mucho los ojos y se le aceleró el corazón. La figura se acercó mucho, hablando, pero M estaba demasiado asustada como para prestar atención. La figura le cogió la cara con sus dos manos y se acercó. Entonces la vio. Una pequeña cicatriz empezó a aparecer en ese rostro. Le siguió una nariz bajo la cicatriz. Unos ojos marrones la miraban con lágrimas. El pelo negro sobre los hombros. Y ahora M sí escuchó. Escuchó lo que decía ese rostro que tanto quería:

—Mamá, mamá, soy yo, Julia.

CAPÍTULO 8

LUCÍA

A Lucía no le gustaban los lunes. Y no podía entender cómo había personas a las que sí. Venías de dos días de fiesta y tranquilidad a retomar la rutina. No podía ser que a alguien le gustaran los lunes. Pero así era. De hecho, una de sus amigas de infancia era de esas raritas. Aunque podía entenderla. De pequeña vivió con monstruos. Así que eso era lo menos raro que le podía pasar, que le gustaran los lunes. De pequeñas le preguntaba de vez en cuando por los monstruos. Era una de las pocas personas que lo hacía. Según fueron creciendo se distanciaron un poco, sobre todo después del episodio con Susana, pero siempre habían mantenido el contacto. Irse a vivir con M fue una maravillosa idea. Se notaba que M la quería mucho y Julia se sentía querida. De vez en cuando quedaban y se veían. Se ponían al día. Hacía mucho que eso no pasaba.

Paseando una noche con dos amigas, a Lucía le pareció ver a una persona conocida. Estaba de espaldas, parecía mirar algo. Le chocó verla con las zapatillas de estar por casa y un abrigo sobre el pijama. Se acercó y le preguntó:

—¿Señorita M? —Por muchos años que pasaran siempre sería la señorita M—. Cuánto tiempo, ¿se encuentra bien?

La mujer se dio la vuelta.

—¿Quién eres? ¿Qué quieres de mí? ¿Por qué me sigues? ¿Qué queréis de mí?

—Señorita M, soy Lucía, ¿no se acuerda de mí?

M empezó a ponerse las manos en las orejas y a acurrucarse en el suelo, muerta de miedo.

—¡Señorita M! —Lucía y sus amigas rodearon a la mujer para ayudarla—. Llamad a una ambulancia —dijo Lucía—. No se preocupe, señorita M, estamos aquí para ayudarla, ahora llamo a Julia.

La ambulancia llegó muy rápido y se la llevaron a urgencias. M estaba muy alterada así que le administraron un tranquilizante. M se durmió. Soñó con zorros y hormigas. Soñó con monstruos y niñas. Soñó con figuras sin rostro que la reconocían.

CAPÍTULO 9

EL LUNES DE LA NOTICIA

A Julia le gustaban los lunes. Aunque no todos fueron buenos. Este en concreto fue devastador.

Había notado cosas raras en M. Sencillas, muchas de ellas sin importancia si las analizabas de forma aislada. Pero si las veías en conjunto... No saber dónde colocar una carta en un juego que habían jugado cientos de veces, dejarse la vitro encendida, ir a por pan y volver sin nada, salir sin llaves de casa... Últimamente hablaba mucho de su padre, de cuando era niña, en medio de cualquier conversación, para luego volver, ¿de qué estaban hablando? Preguntaba muchas cosas, muchas veces.

Julia la acompañó al médico. En varias ocasiones. Les hicieron preguntas, le hicieron pruebas. Y un lunes llegó la noticia: M sufría lo que los médicos llamaban «deterioro cognitivo leve», segunda fase del Alzheimer.

A Julia se le vino el mundo abajo. Lo primero recordó fue la película *Alien: el octavo pasajero*. No porque le gustara especialmente (se la había recomendado Ruth y ya conocemos sus gustos en el séptimo arte) sino por el subtítulo de la película: *En el espacio nadie puede oír tus gritos*. Porque Julia gritó. Mucho. Por dentro. En *su espacio*. Donde nadie podía oírla.

Empezaron con la medicación, aunque el médico fue claro: era una enfermedad degenerativa sin cura.

Julia se daba cuenta de cómo en ocasiones no la reconocía. Una mañana en la que se quedó a dormir, observándola desde el quicio de la puerta, a las 7:07, tras una siesta, sentada en una silla a su lado, esperando a que despertara. En ocasiones había gritado. En esos momentos, Julia intentaba mantener la calma (empatía) y acercaba sus manos a la cara de M. Muy suavemente. Con cariño. Luego se acercaba para que la viera bien. Muchas veces acababa reconociéndola. Otras no. Cada vez menos.

Su vida empezó a girar alrededor de M. La visitaba a menudo. Parecía que estaba bien. O, por lo menos, suficientemente bien. Hasta que recibió la llamada de Lucía.

Llegó todo lo rápido que pudo al hospital. Preguntó, le indicaron, corrió, apartó la cortina del box. Y la vio, aunque M no. Julia ya reconocía esa expresión. Se acercó a su madre. Poco a poco. Alargó las manos:

—Mamá, mamá, soy yo, Julia. –Se le escapó alguna lágrima pero intentó contenerse. No era el momento.

—Julia, hija —M sí lloró mientras la abrazaba.

Abrazo de hospital. Abrazo de hija.

CAPÍTULO 10

NOS GUSTAN LOS LUNES

A Julia le gustaban los lunes. Y le hizo mucha ilusión saber que a M también. Si iba a ser su mamá a partir de entonces, por lo menos ya tenían algo en común (aparte de *El Principito*). Y empezaron las rutinas de lunes.

Ahora eran las mismas rutinas, pero los roles se habían invertido.

Tras el incidente del hospital, la enfermedad de M fue agravándose. Más rápido de lo que se imaginaban. Julia no llegaba a todo. Lo intentaba. Cuando pensaba que no podía más, recordaba lo mucho que Susana estaba luchando. Eso le daba fuerzas, su ejemplo le daba fuerzas. Pero era muy frustrante ver que, por mucho que se esforzara, siempre iba un paso por detrás. Era como si su mente le pidiera que volara cuando le habían cortado las alas. Y tuvo que tomar una decisión. La más difícil de su vida.

Visitaba a su madre en el centro en el que la cuidaban, todos los días que podía, pero jamás se saltaba un lunes.

—Capítulo ocho. Mira, mamá, ese que tanto te gusta, cuando nace la rosa. «Aprendí bien pronto a conocer mejor esta flor. Siempre había habido en el planeta del principito flores muy simples adornadas con una sola fila de pétalos que apenas ocupaban sitio y a nadie molestaban».

Y así Julia seguía con la rutina del lunes. Durante la lectura, M respiraba tranquila. En ocasiones la miraba. Y en ocasiones esa mirada era de amor. Julia podía verlo. Porque Julia miraba bien. Como tantas veces le había dicho M. Como tantas veces el padre de M le había repetido a su hija. Hay que mirar bien.

Marta salía de la escuela. Después de enseñar a niños y niñas sin rostro. Según avanzaba por un prado verde se iba transformando en niña. Se acercó a su padre y le dio la mano. Pasearon juntos observando la naturaleza, mirando bien.

—¡Mira, papá! Un hormiguero.

—Fíjate. Mira qué hormigas tan grandes. Esas que están en la entrada del hormiguero son hormigas soldado.

—¿Y qué hacen ahí?

—Protegen al hormiguero de amenazas, depredadores e incluso de otras hormigas.

Siguieron andando, Marta niña y papá (ahora niño también). Se encontraron con otra niña, de pelo negro. Con una pequeña cicatriz sobre la nariz. Le acompañaba un zorro listo.

—Hola, Julia. Ya estamos los cuatro. Podemos empezar.

Y aquí empezó la aventura de Julia, Marta, su papá y un zorro. Viajando de planeta en planeta para encontrar una rosa perdida. Esa que su papá quería tanto.

De vez en cuando escuchaba una voz a lo lejos («...mejor esta flor. Siempre había habido en el planeta...») que le hacía sentir bien. Le hacía sentir en casa.

EPÍLOGO

Todas las personas se marcharon y Julia se quedó sola. Una lágrima resbalaba por su rostro. Miles de recuerdos se agolpaban en su mente. Olor a rosas, vacaciones, historias contadas, consejos de madre...

Frente a la tumba de M por fin Julia entendió una frase que hacía mucho que había leído. Era algo así: «Mejor el día de la muerte que el día en que uno nace». Nunca entendió ese concepto. La muerte es algo triste. Pero ahí de pie, comprendió que esa frase no iba sobre la muerte, iba sobre la vida. Cuando nacemos tenemos un libro en blanco sobre el que escribir. Nuestros actos le irán dando forma. Cuando morimos, queda el libro escrito. Un libro que los demás recordarán.

Julia estaba segura de que el libro de M era maravilloso. Sobre la tumba dejó una rosa, un libro y un coletero con una mariposa. Se dio media vuelta y, alejándose, pensó en todo lo bueno que tenía y cuánto de ello era gracias a M. Sonrió un poquito y siguió adelante.

El autor recomienda escuchar tras la lectura:

YOU ARE MEMORY

MESSAGE TO BEARS

AGRADECIMIENTOS

A Sara, que sabe leerme bien. A Leire, mi pequeñaja, esa que lanza huevos. A Garbiñe, por su alegría. A Susana, ¿o era Silvia? A Ruth, por su guía en los recovecos de la mente. A Julia, por ser la chispa de inicio. A todas aquellas personas que cuidáis de vuestros seres queridos, al desgastaros día a día. Lo hacéis bien. A quienes habéis decidido leer estas historias. Gracias.

ÍNDICE

Vol. 3

Capítulo 1. Experiencia de lunes 13
Capítulo 2. Susana 15
Capítulo 3. El lunes de la visita 17
Capítulo 4. Lobos 19
Capítulo 5. Silvia 21
Capítulo 6. La caja de música 23
Capítulo 7. Compartir recuerdos 26
Capítulo 8. Susana contra Silvia 29
Capítulo 9. El día del conejo 33
Capítulo 10. Julia, Susana, Silvia 35
Epílogo 37

Vol. 4

Capítulo 1. Marta 47
Capítulo 2. El zorro 49
Capítulo 3. Hay que mirar bien 51
Capítulo 4. Lunes de biblioteca 55
Capítulo 5. M 57
Capítulo 6. El lunes de la llegada 59
Capítulo 7. Hospital 61
Capítulo 8. Lucía 63
Capítulo 9. El lunes de la noticia 65
Capítulo 10. Nos gustan los lunes 67
Epílogo 69

Agradecimientos 71

Este libro se terminó de editar en Granada
en febrero de 2024 por

Aliarediciones

www.aliarediciones.es
info@aliarediciones.es